Pour Elinor
~ CNV

Pour Tristan
~ MB

© Kaléidoscope 2002
Loi numéro 49 956 du 16 juillet 1949 sur les publications
destinées à la jeunesse : septembre 2002
Dépôt légal : juillet 2004
Imprimé en France par Mame Imprimeur à Tours

www.editions-kaleidoscope.com

Diffusion l'école des loisirs

Christine Naumann-Villemin

La princesse coquette

Illustrations de Marianne Barcilon

kaléidoscope

La princesse Eliette est vraiment très coquette. Ce matin, elle choisit des collants de danseuse, roses avec des petits nœuds.

Mais sa maman n'est pas d'accord :
« Ma petite poulette, il fait froid,
mets des grosses chaussettes.»

La princesse sort du placard sa robe qui ondule, celle avec des fleurettes.

Mais sa maman n'est pas d'accord :
« Ma petite nénette, il gèle, mets ton pantalon à bretelles. »

La princesse s'attache autour du cou un collier de perles et de grelots.

Mais sa maman n'est pas d'accord :
« Ma petite minette, il y a du vent, prends une écharpe
et ton manteau en poil de chameau. »

La princesse chausse ses souliers de petite dame,
avec de splendides rosettes.

Mais sa maman n'est pas d'accord :
« Ma petite coquinette, il y a de la neige,
enfile tes bottes d'esquimau. »

La princesse met donc :

des grosses chaussettes
en laine de biquette,

un bonnet
pas rigolo,

un pantalon un peu râpeux
mais très très chaud,

un gros pull pas très beau,

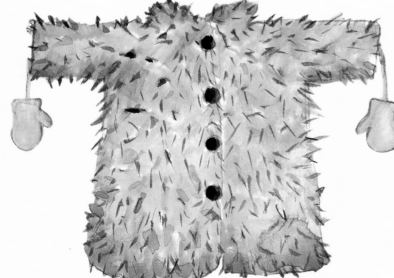

un manteau en poil de chameau,

des bottes d'esquimau,

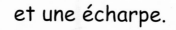

et une écharpe.

« Allons, mon Eliette,
ne fais pas cette tête,
ce n'est pas le moment
d'être coquette. »

La fillette prend son goûter et va retrouver sa cousine Alice.
« Qu'est-ce qu'on fait ? » demande Alice.
« De la luge ? » propose Eliette.
« Oui, mais avec quoi ? »

« Je sais ! Avec mon manteau en poil de chameau ! »

YAOUH !

« Et maintenant ? » demande Alice.
« Si on jouait à Tarzan ? » propose Eliette.
« Oui, mais avec quoi ? »
« Je sais ! avec l'écharpe que mémé m'a tricotée ! »

OHÏOHÏOOOOOOO !

« Et maintenant ? » demande Alice.

« Si on jouait au ballon ? » propose Eliette.

« Oui, mais avec quoi ? »

« Je sais ! Avec mon gros pull tout vilain. »

Soudain Alice arrache le bonnet de la tête de sa cousine
et le remplit de neige.
« Attends que je t'attrape ! » hurle-t-elle.

« Et maintenant ? » demande Alice.

« Si on faisait un bonhomme de neige ? » propose Eliette.

« D'accord, dit la cousine, mais je préférerais une bonhommette. »

Il est temps de rentrer.
Eliette est pieds nus dans ses bottes d'esquimau.
Son manteau est tout trempé.
Son pull est abîmé.
Son écharpe est restée coincée
dans le cerisier.
Elle n'a plus son bonnet.

« Tu sais, Alice, j'ai bien fait d'écouter maman :
ils sont drôlement pratiques ces vêtements ! »
« Ben oui, répond sa cousine, tu n'auras qu'à les remettre demain. »

«Ah, ça, non! Demain, on jouera à la dînette.
Je mettrai mes collants brillants, ma robe à volants
et mon bracelet de petites perles.»